사랑,
그것만이
꽃피우다

사랑, 그것만이 꽃피우다

발행일 2015년 7월 24일

지은이 한 영 주
펴낸이 손 형 국
펴낸곳 (주)북랩
편집인 선일영 편집 서대종, 이소현, 이은지
디자인 이현수, 윤미리내, 임혜수 제작 박기성, 황동현, 구성우, 이탄석
마케팅 김회란, 박진관, 이희정, 김아름
출판등록 2004. 12. 1(제2012-000051호)
주소 서울시 금천구 가산디지털 1로 168, 우림라이온스밸리 B동 B113, 114호
홈페이지 www.book.co.kr
전화번호 (02)2026-5777 팩스 (02)2026-5747

ISBN 979-11-5585-685-7 03810(종이책) 979-11-5585-686-4 05810(전자책)

이 도서의 국립중앙도서관 출판예정도서목록(CIP)은 서지정보유통지원시스템 홈페이지(http://seoji.nl.go.kr)와 국가자료공동목록시스템(http://www.nl.go.kr/kolisnet)에서 이용하실 수 있습니다.
(CIP제어번호 : CIP2015019982)

사랑,
그것만이
꽃피우다

한영주 시집

북랩 book Lab

서문

한 권의 마음을 내려놓는다.
틈나는 시간
시를 썼다.
한 여자의 남편으로
두 딸의 아빠로 살면서
나를 새롭게 만나는 시간이었다.
그 시간들이 시가 되었다.
시집 속에 마음은
지나고 없는 헌 마음이지만
그 마음이 있었기에
지금의 나도 있다.
아직 내려놓지 못한 마음이
허공을 채우는 바람 같다.
마음을 완전히 내려놓기까지
시를 써야겠다.

사랑하는 가족이 있었기에
지금의 나도 있다.
선희와 두 딸 정원, 정민
사랑합니다.
남원과 광양의 부모님
감사합니다.
은희야, 영철아, 준철아
사랑한다.

차례

두 딸

기고 서고 걷고
다시 뛰고
한걸음이 한걸음을 엮는 날들
채우지 않은 날이
달력마다 가득하다
아빠로 불리는 날을 선물 받던 날
눈썹에 낀 안개로 잠시 막막했다
그리고 걷힌 안개 속
아빠라는 길
그렇게 아빠로 4년의 시간을 보냈다
무엇과도 견줄 수 없는 행복이
심장에 꽃폈다
그 향기로 내내 사는
내게
오늘도 두 딸이 안기고
따뜻이 피는 꽃
사랑, 그것만이 꽃피우다

나무

나무는
버텼다
그 이유가
나뭇잎마다 수천 장 쓰여 있다
그거였구나
겨우내 뿌리 단단히 박아놓고
바람을 쳐내며
더 단단해야 했던 이유가
바로
저어 초록의 물결이었구나

그 이름 붉은 장미

불러라 그 이름
그리하여 붉은 장미
뜨겁지 않은 날들은 가라
초록이 짙을수록
그 이름 붉다
가슴에 긋고
아픔을 피운
아픔과 아픔으로 덧댄
꽃잎에 꽃잎
그 이름 붉은 장미

아픔 없이 피는 꽃이
아니기에
아픔과 아픔을 덧댄
사랑의 꽃
학교 울타리 안
아픔과 아픔의 긴 날도
꽃으로 피워내는
그 아이들
그 이름 붉은 장미

바다에 와서
당신을 봅니다

당신의 깊이가
어디까지 닿았길래
가도 가도
닿을 수가 없나요
눈물의 깊이까지 인가요
세월의 길이까지 인가요
바다에 나와
당신을 봅니다
쉼 없이 밀려드는 파도와
헤아릴 수 없는 물결을 두른
바다
그 깊이를 닮아있는
당신
남겨진 시간에
당신 곁에 닿을 수나 있나요

오늘 없는 사랑은 없습니다

흔들림 없는 사랑은 없습니다
흔들리기에
사랑이 단단해지는 겁니다

눈물 없는 사랑은 없습니다
눈물이기에
사랑을 배우는 겁니다

둘이 없는 사랑은 없습니다
둘이기에
그대를 만나는 겁니다

쓸쓸함 없는 사랑은 없습니다
쓸쓸하기에
그대의 이름을 부르는 겁니다

오늘 없는 사랑은 없습니다
오늘이기에
그대를 사랑이라고 말하는 겁니다

이별 없이

이별 없이 사는 건
저 담쟁이덩굴 같아야 합니다
그대를 만난 시간을 헤아리는 동안에도
저 담쟁이덩굴은 초록을 키워갑니다
성급하지도 조바심을 내지도 않습니다
벽을 넘기 위해서가 아니라
벽을 다 감쌀 때까지
바람을 휘저으며
벽에 수 갈래의 길을 만듭니다
사랑하는 것으로
많은 것을 잃었다 여기는 그대를
이별을 말하는 그대를
이유조차 물을 수 없지만
저 담쟁이덩굴을 보는 것만으로
어느 틈엔가
그 벽을 다 덮는 것만으로
결국엔 사랑을 짓는 일이었습니다
그대 없이
사랑도 없는
벽 앞에 서 있는 그대를 향해
손을 늘려가는 담쟁이덩굴이 되고 싶습니다

두 딸에게 하고 싶은 말

하루마다 시간을 삼키는 내내
나무가 자라듯
바람이 불어오듯
자라는 키만큼이나
세상을 더디게 알아가는
너는
숱하게 많은 단어를 나열하고 찾아봐도
오늘 이보다 더 좋은 말은 없다
지금 이보다 더 값진 말은 없다
사랑이라는 말
하고도 또 새어나오는 말
잊고 싶은 않은
마음에 두고 싶지 않은
시시때때 들려주고 싶은 말
사는 이유도
어쩌면 사랑이다

만났던 이전부터
기다렸던 말
마음을 자라게 하는
마음을 드넓게 하는
사랑이라는 말
시시때때 해주고 싶은 말

광양

참
애틋한 도시

사랑이 서천길 따라
코스모스로 하늘하늘 피는 도시

아내의 학창시절이 있는
추억과 사랑이 남아있는 도시

서로가 불고기를 나누는
마음에 숯향기 피는 도시

사랑의 노래가 분수대처럼
갈래갈래 피어나는 도시

한 여자의 꿈이 커져
꿈을 이룬 도시

하늘보다 높은 부모를 내게
허락한 도시

이 모든 걸
한 여자를 만나 가능하게 한 도시

더불어 두 딸도 내게 선물한
잊을 수 없는 도시

광
양

바람의 언덕

수평선부터일까
끊임없이 불어와
그 높이가 어디까지 닿았길래
이름이 바람의 언덕일까
층층의 계단 위로
바람의 양이
일만 톤쯤 될까
너무도 가볍게 부는 바람이
휩쓸고 가는 모습으로는
일만 톤은 족히 될 듯 싶은데
바람의 언덕을 오르는 사람들
그래도 버티고 섰다
누구하나
쓰러지거나
좌절하지 않고
바람의 언덕을 오르며
환한 미소를 짓는다
어쩜
삶의 무게가 더 무거울지도

엄마라는 말

부를 수 있는 날까지
수만 번 불러도
남아있는
말

잊혀질 수 없는
생생하여
봉숭아처럼 터져 나오는
말

태어남과
살아감에
살아 숨쉬는
말

어제보다
오늘
내일이 더 그리운
말

엄마

외할아버지의 사랑

두 손녀를 기다리는
외할아버지
갖가지 과자와 요구르트가
있는 집
도착하기 전부터
기다림의 마음이 가는 내내
자동차 엔진소리로 커져가는
집
그저 보는 내내 예뻐서
어쩔 줄 몰라 하는
사랑이 가득한 집
그 집에 사는
그 사랑 손녀에게 넌지시 다 주는
외할아버지가 있는 집
그 사랑 알기나 아는 듯
활짝 웃는 손녀가 따뜻이 안겨있는
집

외할아버지가 사는
내 아내의 아버지가 사는
너무도 따뜻한 집
그 집에는
손녀가 있고
그 사랑이 있다

아버지

일평생 일군 흙이었습니다
그 흙이 된 얼굴빛
흙으로 일군 자식이 쓰러질까봐
괭이와 삽이 들린 손으로
당신의 시간을 몇 번이고 갈라 엎었습니다
자식이 튼튼히 자랄 수 있는 흙을
당신은 만들어 주었습니다
오로지 시간 앞에 나서서 자만하지 않고
흙을 향한 끈기와 묵묵한 사랑이었습니다
말함보다 보여줌으로 사셨던 흙에서
짙은 당신의 향기를 맡습니다
자식의 설익은 투정도
자식의 메마른 사랑도
바위로 누르는 시간조차
긴 세월 흙으로 빚어냈습니다
당신을 이해하지 못한 날은 저물어서
그때의 당신이 된 나이가 되었습니다

이제야
말하고 싶은
들려주고 싶은
말이 있습니다
흙 같은 당신이었습니다
흙 같은 사랑이었습니다
내
아버지여서
참 다행입니다

노란 꽃

시골집
대문 앞
노란 꽃이 너무 예뻐
어머니께 이름을 물으니
"노란 꽃"이라고 한다
이름은 몰라도
부르지 않아도
보는 것만으로
그 자체로 아름답다
그래서
굳이 이름을 알려 하지 않았다
삶이란
몰라서 더 아름다운 날도 있다

길

머리채를 잡아끄는 바람
뒤돌아 갈 수 없는 길
그림자 옆에 있어 외롭지 않다

끝도 없는 저 길
쓸쓸히 바람 따라 가는
빛을 머금은 초록의 잎이 눈부시다

집이 없어 가고 가는 바람
빗물이 두드리는 습진 얼굴 위로
물줄기 내어 가는 삶이여

딸의 가르침

"아빠 해가 계속 따라와"
차를 타고 가던
차창 밖으로
해를 본 딸이
하는 말이다
차는 달리고
다른 공간에서 가속하고 있지만
딸은 아는 듯
해가 계속 따라온다고
자꾸자꾸 따라온다고
왜 모르고 살까
하늘 어딘가에 늘 따라와 주는
해가 있다는
나를 늘 비추고 있는
해가 있다는
딸이 일깨워주는
차 안에서 나도
해를 본다
나를 따라오는
해를

딸의 간절함이란

상계사 대웅전에서
어머니가 절하는 모습을 보고
따라하는 4살 된 딸
배운 것도 아니고
가르쳐 준 것도 아닌데
절하는 모습이 사뭇 어머니와 비슷하다
왜 바람이 없었겠는가
엄마, 아빠와 살면서 애환이 왜 없었겠는가
그 간절함이 딸을 절하게 했을 것이다
절하는 모습을 보며 웃어 넘겼지만
딸이 바라는 게 무엇이었을까
절하도록 만든 간절함은 무엇이었을까
뒤돌아서려니
딸이 다가와 밝게 웃으며 손을 내민다
딸의 손을 잡고 걸으면서
마음이 묵직해진다

나는 어느 쪽 하늘에 닿아 있는가

한때는 멀었으나
요즘은 가까운 하늘이었다
가까이 내려와 닿던 손끝엔
구름이 걸리어
휘젓는 곳마다 비를 내렸다
바람은 거세게 일고
구름의 웅덩이는 커져갔다
몇 날을 퍼붓는 동안
웅덩이에 물이 고이고
차츰 썩어갔다
그 안을 가만히 보았다
허우적거리다 주저앉은 나를
나는 어쩌지 못했다

나조차
어쩌지 못하는 시간들이었다

그렇게 질펵한 흔적이 마를 때까지
꽤 많은 시간을 견뎠다

문득
비가 그치고
나도 그쳤다
하늘은 점점 멀어져 갔다
구름이 떠나고
푸른 바람이 가득 고인
푸른 웅덩이가 나타났다
나는 무작정 푸른 웅덩이로 뛰어들었다

너를 만났던 그때처럼
네게 가기 위해
나를 던졌던 절박함으로
사랑을 찾은
그날처럼

너를 낳지 않았다면

내
너를 낳지 않았다면
어찌 이 행복을 알 수나 있었을까
넌 3살
아직은 호기심 만발
아빠가
세상을 다 아는 것처럼 물어 와도
아빠는
너처럼 순수하지 못하다
다만
순수하게 이끌어주는 아빠이고 싶다
끝이 없는
한 줄기 바람마저도
나를 스쳐갈 때면 흔들리는 아빠가
수천의 바람이 몰고 올
끝없는 흔들림이라 해도
네 손가지 뻗은 자리에 아빠 손가지 붙들 수 있게
네 쪽으로 기울이며 살아가마

너는 어쩜
이렇게 귀엽고 사랑스러울까
날마다
먹고 자고 노는 모습을 보는
이 행복
너를 낳지 않았다면
하아

행복을 찾아서

입가에 그은
주름 몇 개 남아 있다면
아직 웃어야 할 시간이
남았다는 것이다

감나무에 달린
홍시 몇 개 남아 있다면
아직 태워야 할 마음이
남았다는 것이다

길에 남은
발걸음 몇 개 찍혀 있다면
아직 가야 할 길이
남았다는 것이다

자화상

거울 속에
나는 없다
나와 닮은
사람이 있다
그 사람이
나를 본다
뜨끔하다
잘못한 것도
없는데
나는
거울 속에
그 사람이
두렵다

삶

초침처럼 빠르게 살아도
분침처럼 어중간하게 살아도
시침처럼 느리게 살아도
하루가 가는 건
같다
바쁘다고
그대의 삶을 외면하지 마라
단지 그대가 할 일은
빠름의 허울을 끌어내어
저 바다에 내동댕이쳐라
바다 깊이 잠길 때까지
그대의 삶을 지켜봐라
삶은
빠르고 느리고의 차이가 아니라
하나의 선이다
처음과 끝이 이어진
그래서 삶이다

단지 우리는
하루
저기 시계 속 동심원을 이루는
선을 따라
의미를 되새기며 가라
그게 삶이다

교황 방문

〈8월 14일 10시 16분경 성남 서울공항에 도착하다〉

가야 할 길이 먼 나라 였습니다
아직 치유 받지 못한
당신의 위안과 위로를 필요로 합니다
칼날 위의 가난과
부서진 방패를 잡고 선 슬픔이 많은
나라였기에
온 나라가 당신을 기다려 왔습니다
뭇사람의 입김조차 상처로 기억되는
아니 기억하게 하는 사람들이 많은
나라였기에
당신은 이 나라를 찾아왔습니다
가난과 핍박, 상처로 흉 진 사람들
당신의 나라로
두 팔 벌려 안은 저 많은 사람들이
위안과 위로의 눈빛을 담아 갑니다
4박 5일의 나라
당신이 머문 나라
그 안에 당신의 마음이 치유의 물결로
밀려듭니다

손 맞잡고 당신이 건네는 한마디가
세월호의 항해가 끝나지 않았음을
영혼의 치유를 꿈꾸는 나라로 인도합니다
부디
소외된 사람들
빈틈 많은 사람들
사랑과 축복, 밝은 기운이 함성처럼
메아리 되어
온 나라 방방곡곡 울려 퍼지기를
슬픔 많은 나라에서 두 손 모아 봅니다

손목시계

그날부터
빈 손목이 시리고 아리어
유년의 꽃시계 채웠다
쨍쨍한 날 같았다
아름다움과 향기가 채우고
몇 날은 황홀했다
그 짧은 순간을 지나
강렬한 시듦이 왔다
꽃시계는 더 이상 시계가 아니다
네가 선물한 손목시계
그 안에 시간을 잃어버린
다시는 찾을 수 없는
그리운 날들

구겨진 일상

딸아이가 색종이를 가지고 놀다가
이내 구긴다
색색의 종이가 구겨져
방바닥에 뒹굴어도
거실의 스탠드 시계는
반듯하게 돈다
한 치의 구김도 없이
조금의 오차도 없이
온종일 쭉 펴진 상태로
구겨진 사람의 표정을 응시하며
그러면 안 된다고
보란 듯이 돈다
시간을 구길 수 없는
구겨진 일상을 사는
내게
딸아이가 구긴 색종이를 주워
가지런히 펴며
그제야 그제야
나를 살핀다

나무야

지독한 삶이다
한 번 뿌리 박혀 있는 곳
죽을 때까지
억척스럽게 버티는 일
꺾이고 부러진 자리
새 살이 돋아나지 않아도
거추장스럽게 매달려 있어도
그 아픔 다 드러내고 버티는
감추는 데 급급하지 않은
살아있는 동안은
부끄럽게 여기지 않는
스스로 물들어 가는 삶

여보

어머니 품을 떠나
한 남자로서
한 여자에 의해 불리는
사랑이 아니면
불릴 수 없고
사랑이 떠나면
잃게 되는
사는 이유가 되고
들을수록 가족을 일깨우는 말
부를수록 사랑이 덧 피어나고
남자로서 한 번은 들어야 하는 말
무거우면서 가볍게 되풀이 되는
행복한 말

부부로 사는 것

다름을 지워낼 수 없는
지운다 한들
같음이 될 수 없는
단순히 여자와 남자가 만나서
사는 게 아닌
철저히 다름이 만나
한 공간에 사는 것
사랑 같은 싸움을 하고
싸움 같은 사랑을 하고
미움과 원망 이전에 만난 사랑을
매 순간 꺼내놓고 사는 것
기대하는 순간이 크면 클수록
분열하는 사랑일 뿐
있는 그대로의 삶을 인정하는
나를 뻗쳐 세우기 전
잠시 침묵 속에 나를 두고
몇 번이고 낮추고 사는 것

자존심조차 아내를 통해서만 지켜지는
온전히 자신을 비워낼수록 채워지는
알 수 없는 일 자체가
이름하여 부부로 사는 것
수 갈래의 길이 있어도
그 중 하나의 길을 선택하라면
부부로 사는 길
그 길을 벗어나지 않고
시간이 멎을 때까지
함께 가는 것

사는 게 다

너와 나
다투고 화해하는 게
일류를 위한
작은 시작일지도

책갈피

책 사이에 끼워둔 너
뒤와 앞의 시작을 위해
묵묵히 버텨냈던 너
몇 페이지를 구분 짓다
따뜻한 손길로 옮겨지는 너
지난 날
낱낱의 글자를 덮어두고
하늘 공책에 썼던 일기가
비구름에 씻겨 지워지는 것도 모른 채
푸른 책갈피 한 장 끼워두지 못해서
괜히 읽다 만 오래된 책장 속
책갈피만
잊기 전에 잃기 전에
새 페이지에 꽂아 두었다

가을이
그 가을이 오고 있다

여름이 가는 저 언덕에
한 그루의 나무로 서 있고 싶다
지리한 장마가 할퀴고 간 나뭇잎에도
초록의 강은 범람했다
그 강에 물이 빠지고
다시 와 닿는 가을바람이
노을 진 하늘을 끌어와 덮는
한 그루 나무에 맡겨 두었던 마음이
따뜻한 엽서로 그대에게 보내지는
가을이
그 가을이 오고 있다

그림자

어깨를 누르는 햇살의 무게도
견딜 수 없었던 나는
둘러보아도
내 눈앞 먼 곳에도
너는 없었다
나보다 더 높은 곳을 꿈꾸는 듯
했지만
나는 그만 보고 말았다
더는 내려갈 수 없는
나의 낮은 곳에서
나 몰래 지켜보고 있었다는 것을
나의 외로운 걸음을
나 몰래 데려가고 있었다는 것을

독도

지금껏 발자국 끊긴 적 없는
수천 년 물결 따라 드나들던
그 섬

객에게 내준 적 없고
파도처럼 흔들어댄들
꿈쩍도 하지 않는
그 섬

새 책의 낙서로
주인의 필체를 흉내 낸들
거짓의 책장일 뿐
푸른 눈빛이 지키고
육천만의 날갯짓이 펄럭이는
그 섬

마음 마음의 바다를
두르고 안은
거센 파도로 할퀴고 가도
기개의 절벽이 버텨선
그 섬

한 치의 자리도 바라지 마라
수천 년의 숨결이
뜨겁게 들끓고 있는
그 섬

포만감

허하다는 이유로
섣불리 채운 밥은
정량의 범위를 아스라이 넘어섰다
배는
차차 차오르다 팽창했다
터질 듯 북소리도 들렸다

속 시원히 토해내지 못하는 날을
꾹꾹 참아가며 삼켜야 했던 시간이 있었다

한순간의 맛으로 맛이 갔다
풀어질 대로 풀어진 마음
놓쳐버린 시간을 한낱 밥으로 채우려 하는
나는 미련한 바보다
그대로 채우고 싶은 날을 꿈꾸는
나를 바보라 여겨도
어쩔 수 없는
그대와의 한 숟가락 시간에도
맛이 가는

서울동물원에 가다

푸른 초원도 험난한 산도
드넓은 바다도 없다
그저 울타리 안과 밖을
드나들던 시선과 휑한 바람
무기력한 삶을 지탱하듯
마른 건초와 축 늘어진 고기로
근근이 연명하는 그들
야생은 없다
야수라는 이름만이
철창살에 문패처럼 붙여 있다
그들도 아는 걸까?
철창살 속에서 발버둥 친들
우스운 구경거리밖에 지나지 않음을
고향을 잃어본 적 있는
사람들 있다
이산가족 상봉 하는 날 망연히 기다리듯
그들도
철창 밖에서 들려오는 소리
혹시나 해서 기다리고 있는 건 아닐까?

그대를 굳이 사랑이라 말하지 않겠다

갈대가 왜 강물에 뿌리내려
발 담그고 있는지 굳이 말하지 않겠다

노을이 왜 하늘을 핏빛으로
태우고 있는지 굳이 말하지 않겠다

나무가 왜 비와 바람에 굳건하게
웃을 수 있는지 굳이 말하지 않겠다

그대를 굳이 사랑이라 말하지 않겠다

다만

그대 사랑하지 않음의 이유가 없을 뿐

그

눅눅한 기억이
한여름을 지나왔다
초록의 잎은 무성하였으나
내 삶의 시간은 젖어 있었다
바람이 불어도
떼어지지 않는 습한 기억
오랜 날
하늘의 빛은 가려져 있었고
노을만이 가끔씩 타올랐다
끝나지 않을 것 같던 기억이
붙들고 있을 것 같던 기억이
빨랫줄에 널린 젖은 빨래처럼
그 기억이 말라 간다
그라는 사람이
바스락바스락 운다
불었던 바람이 어느새 되돌아와
옷깃의 습기마저
낙엽 같다
그가
지워져 간다

남이섬, 그 섬이 되고 싶었다

메타세쿼이아 같은 나무를 꿈꾸었다
메타세쿼이아가 길이 되어 있는
남이섬, 그 섬이 되고 싶었다
그 길을 아내와 두 딸이
걸었다
남편도 아빠도
나는 메타세쿼이아가 아니었다
그 옆에 나는
웅장하지도
그렇다고 단단한 심장을 그려 넣지도 못했다
쉽게 나약해지는 마음을
투정부리듯 쏟아냈다
아내의 마음을 헤아리지도 못했고
두 딸의 버팀목으로 부족함만 드러냈다
길을 걸을수록 길을 벗어나 있는
못난 사내일 뿐이었다
꿈처럼 높기만 한
메타세쿼이아만 어루만지는

9월이 왔다

흩어진 시간을 줍는 사이
9월이 왔다
그대의 옆을 채웠던 바람이
홀연히 떠나고
남겨진 그림자도 나무그늘에 숨어든 지
한동안
그저 푸르게 들려오는 소리에
마음은 언제나 분주했다
끝끝내 오지 않을 것 같은
끝끝내 만날 수 없을 것 같은
그 사람이 내게로 왔다
바람의 습기처럼 빠져나간 눈물이
채워지는 사이
다시는 흘리지 않을 것 같은
그 사람이
9월의 햇살로 온몸 태우며 왔다

두 딸에게 바람

한 그루의 나무가 가지가지를 뻗어
그 가지마다 잎이 돋듯

부모라는 나무의 가지였던 나에게도
새잎은 돋았다

잦은 비바람에 흔들리는 새잎이
휘청휘청 가슴 아픈 일이지만

가을의 잎맥이 울긋불긋 흐르는 사이
겨울 가지로 당당히 뻗어라

섬

잠겨들 수 없는
그 안에 서 있어도
홀로 떨어져 있는
너는 붙들 수 없는
파도
물결쳐 왔다 다시 돌아서는
등 뒤로
뱉어낸 하얀 거품의 쓸쓸함
주저앉을 수 없는 날들
떠 밀려가는 기억이
옆구리의 살을 쓸어다가
해변가의 모래로 낱낱이 쏟아놓은
시간들

귀뚜라미 울음

밤새워
울어야 할 사연이란 게 뭘까
울음밖에 채울 수 없는
긴 밤이 지워지지 않아
울음으로 지우고 있는 걸까
밤새워
울음으로 지우고 지워야 오는
아침

매미

빗속을 뚫고 나는 소리
흐릿한 나무에 기대어
애 졸이며 우는
저 처절히 아픈 구애를 어찌하리

살아가는 게
울음의 날이다

뜻하지 못한 일로 울음 애 깊다
짧은 생 줄이며
긴 여운 남기는 울음 있다

여름 한철
나무가 쉼 없이 흔들리는 것 또한
그 울음의 깊이와 절절함을
녹음으로 물들이는

아파트 베란다
창문에 와 닿는 울음까지가
매미구나

내게 딸이 있습니다

바람은 불지요
나무는 흔들리지요
그럼에도 불구하고
나무는 바람을 마다하지 않지요
바람 또한 걱정 없이 나무에게 가지요
가끔은 살랑살랑 흔들리지요
가끔은 휘청휘청 흔들리지요
가끔은 휘엉청 휘엉청 흔들리지요
그러다 찢기고 꺾이고 하지요
그럼에도 불구하고
나무는 바람을 외면하지 않지요
그냥 아무렇지 않듯
나무는 살아가지요
그런 나무의 마음을 바람은 알지요
바람도 주저 없이 나무에게 가지요

내게 딸이 있습니다
나무처럼 되어 주고 싶은
바람처럼 불어도
나무처럼 맞이하고 싶은
찢기고 꺾이는 게 두려운 게 아니라
내 곁을 떠나는 것이 마음 아플 것 같은
그런 딸이 있습니다
지금도 딸과 함께
흔들리지요
이만한 행복이 없지요

그대라는 사람이 있어서

가을이 내려옵니다
산꼭대기 구름이 먼저 물들어 갑니다
조금씩 천천히 내려옵니다
그대라는 사람이 있어서
가을이 가을 같습니다
내 마음의 밑바닥까지
가을로 물들어 옵니다

바람이 불어옵니다
바람에 감긴 모든 게 다 물들어 갑니다
내 몸을 칭칭 감고 가는 바람이
나를 물들입니다
가을 이전에 가을을 몰랐던 마음이
바람을 맞습니다
그렇게 내 마음 속속들이 물들어 갑니다

그대 떠나는 날

비가
소리 내어 웁니다
비 닿는 곳마다
울음소리 잦아듭니다
한동안 닦을 수 없는
비 젖는 시간으로 풀어내는
아픔이 있습니다
목 놓아 울 수 없는
흠뻑 젖는 사람이 있습니다
그대의 중심에서 멀어지는 일은
짧기만 합니다
그대의 가장자리에서 기다리며 살아가는 일이
막막하여
하늘과 발바닥 사이의 공간이
비에 젖어 갑니다

가을비에 젖는다

치열했던 여름이여
다시 오지 않는 날들이여

칠흑의 머리 빛이
계절 따라
바람으로 빠지고 비에 젖어 빠지고
날에 날이 더해지는 해가 석양으로 펼쳐지는
먼지 쌓인 수첩에 남겨진 짧은 일기처럼
가을비에 젖는다

청춘은 끝나지 않은 가을을 부른다
물들기 위해
가을비에 젖는 일
초록이 해지기 전
가을비에 초록을 담아내는 나무가
방울방울 초록이 맺혀 씨앗으로 떨어지는
땅

새봄에 새싹으로 틔워내기까지
땅은 초록의 저장창고
희끗희끗 샌 머리 빛의 노부부
딛는 발걸음의 수만큼
청춘의 씨앗을 심을수록
왜 지는 해에 기대어
석양으로 물들어 가는지를 알겠다
노부부 옆을 지나는 낯익은 젊은이
푸르른 웃음 틔운다

담쟁이

살아가는
그 자체가 벽뿐일 때
수직의 가파른
오를 수 없는 길일 때
어느 틈엔가
푸른 벽을 보아라

알 수 없는 높이에 오르는 일이
한없이 미진해 보여도
끝내 오르는
저 담쟁이
앞과 뒤가 연결된
포기의 줄기를 희망의 줄기로
푸른 박수소리 쳐 대는
담쟁이의 푸른 함성을 들어라

지칠 때면
담쟁이 뻗은 벽에 서서
그대가 넘는 벽도
푸른 벽임을
기어이 오를 수 있는 벽임을
기억하라

발걸음

나를 끌고 가는 발걸음
어디를 가라고
무엇을 하냐고
생각보다 더 앞선 곳에
한발을 딛던 발걸음
어떤 날은 멈칫도 하고 싶고
어떤 날은 멈추고 싶을 때도
무작정 나를 끌고 가는 발걸음
발바닥이 욱신거리고
생물집이 터져도
어느새 앞서가는 발걸음
그 뒤를 따르다 보면
훗날, 그 훗날에도
나를 놓지 않는 발걸음
길 위에 있다

폭우

폭우가
쏟아집니다

그대 있는 그곳은
만개滿開한 하늘입니까

그대 없는 이곳은
감당조차 힘든 상황입니다

산사태가 나고
거리거리가 잠기고
집들이며 온갖 것이 제정신이 아닙니다

그대가
없을 뿐인데

가을엔

가을엔
습기 많은 내 마음도 가을 같을까?

하늘은 한 치 더 푸르르게
햇살은 한 겹 더 눈부시게
바람은 한 결 더 부드럽게
나무는 한 층 더 뚜렷하게

가을엔
곪은 마음도 곱게 아물 수 있을까?

잊는다

나무가 초록의 기억을 잊는 순간
그 잊는 순간이 오면
비로소 울긋불긋 절정이라는 단어로
사람들 눈빛을 채운다
그 절정이라는 것이
잊는다의 또 다른 반증처럼
너를 잊지 못하는 이유는 아닐까
삶의 줄기가 뻗는 사이
수없이 많은 잎들이 나부끼었고
그럴 때마다 강해지는 것으로
잎 전체에 시퍼런 멍 자국이
남았을
나는
그 무엇도 가질 수 없는
네 절정의 끝에서 조용히 내려앉을 때
가만히 손잡아주는
하얀 꽃으로 꽃피워 주고 싶은
한겨울 눈으로
너에게 내려오고 싶다

그대가 있기에

그대가 있기에
한줄기 빗물이 됩니다
무작정 흘러간다는 것
무책임하게 던져 놓은 하나의 빗방울이
의미 없이 사라져도
나는 모릅니다
한줄기 빗물이
또 다른 줄기의 빗물을 만나기 전까지
철저히 혼자여야 했던 사람
어느 날
그대를 만나고 알았습니다
의미 없다 여겨지는 것은
의미를 찾지 못한 무책임의 시간이었다는 것
하나의 빗방울이
흔적 없이 사라지는 순간이 와도
끝없다 여기는 날까지
그대가 있기에
나는
흘러야 할 빗물이 됩니다

단풍

너와 내가 가는 길이
낙엽 지는 날이라 해도
가을날
나무의 잎이 그렇듯이
그 언젠가
한량없이 부는 바람에
내 몸을 맡겨도
그 온기를 기억하는 가슴에
단풍드는 시간은 어쩔 수 없나봐

고향에 가다

유년의 기억을 두고 왔기에
작금의 속도로 다시 찾아가
한 모금의 정으로 씻겨 보는
마음 푸근한 곳
도심의 삶은
외줄 위의 시간으로 낭창낭창
걸어온 길은 쉽사리 지워졌다
오랜 시간이 지났어도
유년의 시간이 고스란히 남아 있는 곳
태어났기에
자라났기에
떠나와 시간의 흐름이 바뀐 지금도
여전히 풀벌레 소리 정겹게 우는 곳
도심의 삶이 선물상자로 들려
들어서는 곳

되돌아오는 길이
보자기로 고이 묶어 매듭진
넉넉한 정이 있는 곳
새 집을 떠나
옛 집을 찾은
사랑의 꿈이 아지랑이처럼 피어나는
고향에 가다

낙엽

나무를 벗어나는
한때는 나무가 키웠다는 낙엽이
앓던 이 뽑듯
빠지고 있는 것은
나무를 떠나고 싶어서가 아닙니다
나무를 더 단단히 키우기 위해서
단 한번 생사의 선택을 하는 겁니다
누구나 바람처럼 사라지는 것을 바라지 않듯
낙엽 또한 바람이 되기를 바라지 않았을 겁니다
오직 나무를 지키는 법을 실행했을 뿐
어떠한 욕심도 없는 선택이었습니다
그래서 낙엽은 멀리 날아가지 않습니다
바로 나무 밑에서 나무의 뿌리를 키우는
거름이 되어줍니다

나무가 키우고
나무를 키우는
낙엽은 지는 게 아니라 피우는 것입니다
봄이 되면
낙엽의 기억을 잊지 않고
나무는 해마다
낙엽이 된 잎을 틔웁니다
내가 너를, 네가 나를 틔우듯이

사랑해

뒤돌아가도
되돌아와도
내 안에 남겨진 노란 은행잎에 새긴
말
초록 빈자리 칠해가는
노랑 물감
너와 거닐던 거리의 색
투명한 바람에 걸린 노란 은행잎이
날릴 때
한 잎을 따
꽂던 책장에 새겨진 말
덮으려 했던 순간까지
잊지 말라고
언제든 펼쳐 보라고
책갈피가 되었던 말

지금

가을은 누구의 색이냐?
저 초록이 다 진 다음에
누구의 색이 걸리겠느냐?
한 시절은
초록에 빗금 치는 날들이었다
또 한 시절은
흔들리다 꺾이고 부러지는 날들이었다
그 시절들을 다 겪고 오는 동안
비로소 울긋불긋 저 나무처럼
내 색도 붉어질까?
떨쳐 버리지 못한 날들이
많다는 것
이 또한
가야 할 길이 남았다는 것
어디까지 가야
내 마음도 붉어질까?

나의 아픔이 더 아픈 날을 꿈꾸며

누구를 위해 사는 겁니까
나 자신조차 나를 잃어버리게 만드는
학교는 현실이 아닙니다
망상 같습니다
부모의 아이를 교육하는 일이
아이의 부모가 나를 가르치는 일이 됩니다
예의바른 마음을 갖고
예의바른 언어를 사용하고
예의바른 행동을 하게 하는
사람을 기르는 교육은 어디서 찾아야 합니까
나조차 어긋나게 만드는 현실
그 현실을 잊고 싶습니다
그런 학교는 더 이상 나를 위한 학교도
너를 위한 학교도 아닙니다
무너져가는 교육애와 자부심은 허공에 흩어집니다
다시 살아가게 하는
또다시 살아갈 수 있는
내 마음의 빛을 모으는 일이
처음으로 돌이키기 힘든 시간이라도
결국엔 해내야 함을 압니다

그저 주저앉아 펑펑 울분을 토해내도
그 빛이 희망의 전주곡임을 압니다
다시 가야 함에
다시 일어서야 함에
어깨를 누르는
마음을 짓누르는 아픔쯤은
햇살 한 올로 꿰매야 함을 잘 알기에
오늘도 다시 교단에 서 있습니다
두 다리의 힘이 남아서가 아니라
내 심장이 강해서가 아니라
교사로서 품고자 하는 그 몹쓸 희망 한 자락
버리지 못해
그 희망을 바라보는 시선을 차마 떨쳐버리지 못해
나는 살아갑니다
나는 꿈을 꿉니다
이 모든 게 꿈이라 해도
현실을 벗어나 살 수 없는 지금
나는 교사랍니다

그림자

쓸쓸해 보여
홀로 떼어놓고 다닐 수 없어
그냥 두었더니
해질녘 벽에 기대어
내게로 다가와 친구가 되었다
그리고
한마디 말도 없이 서 있다가
이내 사라지고
또다시 나는 혼자였다

어미 연어

한번 거쳐 온 길은 되돌아가지 않는다
오직 되돌아올 뿐

오직 한 길
죽음보다 더 지독한 길
상처투성이 몸
산란의 끝이 참 애달다
산란을 하니 달려드는 물고기 떼
알을 덮으려
꼬리지느러미로 강바닥 휘젓기를
수십 번일까 수백 번일까
그 숫자조차 의미 없는
다 해지고 닳아 없어진 꼬리지느러미
그렇게 어미 연어는 강물이 되었다
알에서 깬 어느 치어가 그 어미를 잊을 수 있을까
단 한 번도 볼 수 없는 어미지만
그래서일까
치어는 어미의 길을 되짚어 간다
대대손손
오직 한 길을 위해

엉터리 사랑

찬바람이 불고
바람에 스치는 날이 많을수록
나무는
투정 없이 다 받아들이고
예쁘게 물이 드는데

고작 나는
몇 번의 투정에 흔들리고
사랑의 서약을 잊은 채
얕은 마음의 엉터리 사랑일 뿐
거칠게 바래지는데

두 사람이 만나서
두 사람으로 살지 못하고
한 사람만을 고집하는
나는
사랑도 모르는 철부지일 뿐

가을바람

열어놓은 창문으로 바람이
그것도 가을바람이 불어옵니다
습기를 쥐어 짠 바람이
햇살에 적당힌 말린 바람이
너무도 상쾌합니다
하늘은 저리도 높은지
햇살은 이리도 맑은지
옷깃 가득 채워 넣는 바람이
춤을 춥니다
창문 밖 나무도 그렇게 가을을 담아냅니다
바람으로 바람으로 물드는 나무처럼
가까이 가까이 오는 사랑이 있습니다
무딘 시간이
어떻게 이 계절을 견딜지 벌써부터 걱정입니다
무딘 마음이
어떻게 이 계절을 안을지 벌써부터 답답합니다
어찌되었건
오는 대로 가는 대로 가을바람이 닿는 대로
이 마음 두고 싶습니다

몇 걸음 밖에 그대가 서 있습니까

몇 걸음 밖에 그대가 서 있습니까
오늘 하루가 지워져 가는데
어디로 가서 그대를 만나야 합니까
끝내 만날 수 있다면
별빛이 지우며 따라오는 발자국을
어디로 데려가야 합니까
그대 없는, 그대 없이 가는
이 끝 모를 길에 맞닿는 사람이 있다면
진정 그대입니까
아무 대답도 들을 수 없는
길 위에 서 있는 것으로
그대를 찾아가는 무모한 걸음
사랑을 두고 떠난 길이
사랑을 메고 닿는 길이
그대일 수 있겠습니까
아직 닿지 않는
몇 걸음 밖에 그대가 서 있습니까

절벽에 뿌리 내린 나무

뿌리 내려
살아내는 시간
틈, 바위 틈, 어느 틈, 틈마다
생과 사의 틈만큼 뿌리 내려 사는
누구도 쉽사리 선택하지 못한 일
딱 한 번 선택적 생
바람도 절벽을 허물기 위해
수억 년을 휘몰아쳐 와
다시 와 휘몰아쳐대도
무너지지 않은
절망을 다지는 그 절벽에
뿌리 내려 살아내는 나무
수직의 깎아지는 틈에서조차
희망을 뻗어 절망을 쪼개는
무모함 같은
절벽에서조차 살아내는 힘을 당당히 보여주는
나무를 바라보는 나는
지금 제대로 뿌리 내려 살아내고 있는가?
평평한 세상에서조차

나무가 단풍드는 이유

저 잎에 빽빽이 든 바람
연신 털어내느라
흔들어대는
나무
그렇게 상기되어
빨개져 있는
그 잎이
그대로 남았다

저 잎에 주렁주렁 걸린 바람
힘겹게 버티느라
안간힘 쓰는
나무
그렇게 힘쓰다
노래져 있는
그 잎이
그대로 남았다

나는 물들지 못했다
스치는 바람에도 어쩌지 못해
쓰러져가는 그림자처럼
나를 누이고
바람이 부는 대로
흔들리다 끝내 하얗게 바래져 버린
머리카락 몇 날뿐

잊지 마라

그대 가는 길이
평탄하지 않음을 잊지 마라
끝도 없는 길이
끝도 없이 굽이굽이 이어져
그대가 흔적도 없이 지워져 가도
가는 내내 길이 남아 있는 한
한 번의 쓰러짐도
길 위에선 사치임을 잊지 마라
저 길 위에 겹쳐져 있는
그림자가 앞서가도
그대는 그림자를 이끄는
단 한명의 주인임을 또한 잊지 마라
바람은 늘 앞서가고
그대는 늘 뒤따르고
앞과 뒤를 구분 짓는 세상 한복판에 서 있어도
그대가 당당히 길 위에 길로 가고 있음을
잊지 마라

그대가 그대여서

그대가 그대여서
미소 짓는 한 남자가 있다
밤 깊어 뜨는 별이
어둠 깊이로 빛을 내는 일도
그대가 그대여서
바람의 겉옷을 벗겨내도
바람뿐인 바람처럼
나의 겉옷을 벗겨내도
오직 그대의 옷으로 쌓여있는
내 안의 옷까지
그대가 그대여서
사는 게
살아가는 게
행복이라 말할 수 있는
한 남자가 있다

고열

바람조차 열을 식히진 못했다
바람은 그침이 없고
나무는 흔들리는 일로
시간을 떼어내며 사는 데
고작 너의 열조차
떼어내지 못하는 바람도 있다
열이 나고
해열제를 먹이는 엄마
먹기 싫어 울음을 삼키는 너는
오늘도 흔들리며
하루하루 커가고 있었다
조바심이 파도처럼 일렁이면
마음 한복판을 서성거리는 나는
바람을 피하는
두려움의 나부낌이었다

눈물의 강이 범람하는 것으로
바람을 맞서는 너는
열이 나고
점점 끓어오르는 시간을
그래도 버티는 너는
내 딸이다
나를 끓게 하는
세상을 끓게 하는

그대라는 사람이 있습니다

시작과 끝이 한 점에서 시작되는 시계바늘같이
불고 또 불어오는 바람같이
문밖에 널어둔 운동화에 잠긴 햇살같이
그대라는 사람이 있습니다

떼어진 달력 뒷장같이
호수로 날아든 물오리같이
어둠을 두려워하지 않는 달같이
그대라는 사람이 있습니다

노을에 꽂은 나무같이
제자리를 놓친 꽃향기같이
허공에 뿌려진 공기같이
그대라는 사람이 있습니다

가벼이 지나가는 바람 같은 것

길을 걷다
일순간 허리가 삐끗
통증에 주저앉아
서기도 걷기도 힘들다

살아가다
일순간 삶이 삐긋
고통에 주저앉아
살기도 죽기도 힘들다

그럼에도, 그럼에도 불구하고
통증도 고통도
시간의 일부일 뿐
가벼이 지나가는 바람 같은 것

바람의 땅에 집 짓고 사는 것이
흔들리는 것이고 버텨내는 것이다
그저 통증도 고통도
살아가다 잠시 만나는 것이다

광양 부모님의 파주 집 방문기

길이, 길이 아닌 길로 이어져 왔다
매서운 한파가 밀어내는 길을
더디게 더디게
가슴 속 손녀가 웃는
그 따뜻한 소리 라디오처럼 켜 두고
휴게소마다 피로를 쏟아내고
먼 길을 왔다
휴게소, 한 잔의 차로 담기는 시간을
모락모락 꽃피우는
자동차 소리 끊길세라
연신 가속페달을 누르는 발이
무겁게 굳어가도
길이, 길이 아닌 길로
맞닿아 있는
손녀의 웃음이 사는
파주 집

그곳에 닿기까지
차 유리에 지나가는 풍경조차
무심히 흘려야 하는
손녀의 모습이 아른거리는
빠듯한 시간이
엿가락처럼 늘어나 있는 길을
달려달려
손녀가 반기는 지하 1층 엘리베이터 문 앞
할머니, 할아버지, 손녀의 눈빛이
따뜻이 웃다

가을이 지나고 나면

제 몸의 일부를 떼어내는
그 마음은
어떨까?

여린 순을 제 손으로 키우고 버텨온 세월마저
스스로 떼어내는
그 마음은 또
어떨까?

그래서
나무는 운다

눈물이 마를 때까지
밤낮을 가리지 않고
운다

나무의 눈물이
피맺혀 충혈이 되고
가루로 날릴 때까지
나무는
그저 운다

울고
울어야
비로소 단풍드는

가을이 지나고 나면
눈물이 그칠까?

가족의 의미

한 집을 떠나 제 집을 가져도 같은 집을 공유하는
손때 묻은 기둥이 세월을 잊고 묵묵히 버티고 있는
커져가다 다 자란 발자국까지 모조리 남아 있는
매워진 우물에서 추억이 날마다 샘솟고 있는
산안개가 쓸어 올리는 빛바랜 시간이 흐르고 있는
산안개 거쳐간 뒤 선명한 사랑이 깊게 남겨지는
부모의 삶이 빚어낸 시간을 이어 이어 함께하는
끝없는 존재

민들레꽃

남몰래
눈여겨 보아주지 않아도
샛노랗게 꽃이 피었다
정리되지 않은 마음 같은 화단에
잡초 무성해도
그 자리 마다하지 않고
너는 꽃피었다
꽃대 하나 가늘게 뽑아내어
한줄기 바람에도 하늘거리는
민초라는 불리는
연약한 듯 강하게 뿌리 내린
희망을 닮은 꽃

딸이 날려 보내는 민들레 홀씨가
어디에 가 닿을까?

닭

퍼덕거림
몇 가닥의 바람을 끌어와
날개에 붙인들
하늘로 펴지지 않는 날개
지상을 떠날 수 없는
땅을 쪼아 벌레 몇 마리로 잊는
하늘
비상을 꿈꾸는 날
기껏 날아오르는 지붕 위에
한참을 내려쬐는 햇살이
날개를 감는다

퍼덕거림
삐걱거리는 지상이 힘들 때면
하늘을 본다
몇 마리 나는 새가 가지기엔
하늘이 넓다
날개 없이 나는 꿈이 헛될지라도
꿈에서 깁던 날개가 돋아나
지붕을 넘어
하늘의 기억을 날갯짓으로
훨훨 풀어내어
해 뜨는 바다로 가자

보름달 같은 사람

구름에 가려도

그 빛이 가려지지 않는

그리움의 테두리까지 꽉 차서

가린 구름조차 빛나게 하는

사람

손녀 사랑

기다리는 일
기다리고 만나는 일
또다시 기다리는 일
기다리는 일이 행복이고
찾아오면
더 행복한 일
손짓, 발짓, 몸짓, 눈짓, 말짓
어느 하나 새롭지 않은 게 없는
두 손녀를 바라보고 짓는
미소 같은 일
두 손녀가 있는 것만으로
행복한 일

시골집 마당에서 별을 따다

추석 하루 전
달이 잔뜩 불린 배가 차올라
금방이라도 터져버릴 풍선 같다
하늘 밭에 고랑도 없이
바람에 날려 와
싹을 틔운 별이 헤아릴 수 없이 돋아나
빛나는 하늘
두 딸과 마당에 나와 별을 땄다
두 팔로 딸의 옆구리를 잡고
하늘 높이 들어 올릴 때마다
딸의 손에 별이 들렸다
별을 참 잘도 따는 딸은
별사탕이라고 먹는 시늉을 한다
아빠에게도 하나를 건넨다
시골집 떠나면서
지워지지 않는 시커먼 바람 같은 것 있다

어둠이라 하기엔 별이 없는
가슴에서 날려 보내지도 못하고
가슴에 둔 채
살아가는 아빠 앞에 딸이
싱싱한 빛의 별을 건넨다
한 알을 먹고 또 한 알을 먹었다
그럴수록 가슴이 막 환해지는
시커먼 바람이 새어나가는
어른이 된 가슴에 아이가 살아간다고
아빠가 된 가슴에 딸이 살아간다고
가슴이 시커멓게 될 때면
별을 찾아 켜 놓으라고
아빠에게 별을 건넨다

신호등

서녘 하늘에 켜든 빨간 신호등
잠시 멈춰 섰던 마음이었다
초록 신호등이 켜지기까지
한동안 나는 기다려야 했다
밤하늘은 깜빡거리는 초록 신호등이었고
나는 건널까 말까 망설였다
짙은 어둠 속 그리움 켜든 밤은
정적을 유지했다
횡단보도를 건너고 싶었지만
서녘 하늘은 여전히 빨간 신호등이었고
초록 신호등으로 돌아설 시간을
막연히 기다렸다
거리 저편에서 네가 횡단보도에 서 있을 것 같고
너 또한 초록 신호등을 기다리는 걸까
교차로 어느 한 지점에서 막연하게
나를 기다리는 것은 아닐까

창밖으로 교차로가 보이고
차들이 지나고 기다리는 사람이 없는
여전히 빨간 신호등의 횡단보도
이쪽에서 저쪽으로
여기에서 거기까지
바람만 혼잡하다

아내

한 여자가 다른 이름을 가졌다
한 남자의 유일한 이름
지워지지 않게
물 위에 새겼다
출렁출렁
사는 게 좋다
한 여자의 다른 이름이 좋다

하늘이 가을이네요

하늘이 가을이네요
그대의 사랑을 다 펼쳐놓은 듯
하늘, 어디라도 티 없이 맑고 순수하네요
그대 생각만으로
비구름 가득한 하늘이었던 게
맑게 갠 가을을 당겨왔네요
잊으려 해도
잊을 수 없는 그대가
가을처럼 와 닿았네요
사랑을 이어가지 못한 사람이
많은 계절
지나간 사랑을 그리워하는
가을
어딜 가나
그대를 불러오네요
저토록 푸르게 펼쳐놓은 하늘이
아마도 그대의 사랑이 아니면
어찌 상상이나 할 수 있겠어요

친구야

시골 맛 아는
함께 먹고 자란 친구야
시멘트벽에 기댄 등이
쓸쓸해 보인다
시골 떠나
골목 휩쓴 바람에 떠밀려 가는
시간이 먼지투성이 같아도
가슴에 접어둔 일기장
한 장 한 장 쓰여 있는
너와 나의 물고기 잡던 추억
고스란히 살아
다리 밑 냇가에
오늘도 흐른다
발걸음 옮겨오는 길 위에
먼지 털어내어
때 묻지 않은 시간 나눠 갖자

더 자라지 않을 만큼
커버린 나무가 당산을 지키고 있다
너와 내가 오르던 당산은 낮아져서
한걸음에 내딛고 갈 만큼
우리는 컸다
더 오르고 올라가야 할 산도
결국엔 낮아질게다
못 다한 얘기는
앞산 산안개로 펼쳐두자

이 세상 모든 부모에게 바칩니다

사랑의 서약을 하고
부부로 자식 낳고
한 가정을 이루어
부모로 산다는 것
빈틈없이 다 주어도
끊임없이 다 베풀어도
빈틈 많은 자식이었을
투정 많은 자식이었을
자식이 성장하는 모습으로
웃음도 눈물도 피고 말랐을
목 높여 소리 내어
말하지 못한 말
가슴에 숨겨둔 지 오래
부모의 가슴으로 커가면서
바르게 사는 법
올곧게 사는 법

배웠던 시절 시절을 넘어오니
어느덧 부모처럼
부모가 되어보니
부모 마음 옮겨오네
나이가 들어도
부모의 나침판은 자식을 향하고
자식의 나침판은 부모와 다르니
평생을 기다림과 희생의 나날들
사랑이 지치지 않은
유일의 위대한 이름
부모의 자식으로 태어나
부모가 된 지금
빚진 자식이 빚 갚는 자식을 낳고
평생 부모의 가슴 헤아릴 기회가 있음을
다시 부모를 만나야 한다면
오직 당신들, 그 오직 당신들이네

하루가 다르게 주름을 긋는 일조차
막고 싶어도
어찌할 수 없지만
깊게 깊게 말하고 싶은 말
지금 아니면 할 수 없는 말
참 사랑합니다
당신들 자식이어서
참 다행입니다
다시 만나고 싶도록
고마운 당신들
부
모
당신의 삶은 위대합니다
내 삶의 기회를 낳아주셔서 감사합니다

– 이 세상 모든 부모에게 이 글을 바칩니다.

낙엽의 가을을 밟고 가는 길은

발걸음이 살아가는 길
그 길을 덮는 가을 낙엽이 있다
나무의 기억을 활짝 피워놓고
또다시 그 색이 다 바래기 전
다시 길을 덮는 가을 낙엽이 있다

자꾸만 잊어가는 아련한 시간들이었다
자꾸만 깊어가는 아픔의 시간들이었다

벗어나지 않고 살아가는
도심의 소리
머리부터 내려오는 아찔한 삶이
취해와도
발바닥 밑에서 올라오는 생생한 소리가
낙엽으로 전해지는 옛길 같은
낙엽의 가을을 밟고 가는 길은
내 안에 색이
아직은 남겨져 있는 사랑이었다
가을의 생생한 기억의 꽃이었다

유서

〈부제: 못 다한 얘기〉

나 떠나간 자리
집안 구석구석 먼지처럼 내려앉아도
지우고 살아라
나 그 자리에 없다 하여
너희를 보지 못하는 건 아님을 알거라
살아도 죽어도
어디라도 너희가 있는 그곳에 있다
아프지 말아라
슬퍼도 말아라
떠나도 떠나지 않는 생이
너희들 안에 있음을 안다
끝내 눈물샘이 터져서
흐릿한 세상에 너희를 가두지 말아라
아빠의 미소는 하늘처럼
푸르게 너희와 함께 있다
가끔 세상의 벽이 힘겨울 때
잊지 말아라

나는 너희와 한시도 떨어져 있지 않음을
저 먼 곳도
너희의 마음 같이 좋을 거다
하루가 또 하루가 지나도 잊을 수 없는
너희는 나의 소중한 딸들이다
울지 말아라
당당히 나의 딸로 세상과 같이 걸어라
나는 언제나 푸른 손 흔들며
너희를 응원하고 있다
삶과 죽음도
나를 너희로부터 떼어낼 수 없다
살아서 못 다한 말이
햇살처럼 쏟아질 테니
지우고 살아라

유서

<부제: 제자리>

내가 없던 시간
그 시간을 찾아가는
남겨진 시간이 그리워도
가야 하는
만나야 하는 시간이 있다오
불같은 시간을 끌어와
온몸을 태워야 갖는
나 없는 시간
나 쪼갠 시간
울음 깃이 날아와
하늘에 닿아도
가까이 다가갈 수 없는 시간이오
나 없는 시간으로 가는
오늘만 울어주오
남겨진 시간들은
잘 사시오

가을 저 끝에

초록의 상흔만 남긴 채
바람조차 걸리지 않는 날
한 잎 두 잎 떼어가는
영화의 날들
나뭇잎은 어쩌면 떨어져야 한다는 것쯤
알았을까
그래서 저토록 무심할까
흔들리는 것
수천 번 수만 번 흔들려야
결국엔 낙엽이 된다는 걸
가을 저 끝에 나무가
저토록 당당히 서 있는 것이
흔들림으로 견뎌낸 날들
그 때문이었을까

발자국

발자국 툭 던져놓고
그 안에 바람과 햇살이 든다
뒤처지는 발자국
뒤돌아볼 겨를 없이
불안한 전진
머뭇머뭇 거려도
차마 볼 수 없는 뒤
발자국이 제대로 놓여 있는지도 모른 채
가끔씩 뒤에서 윙윙거리는
날 찾는 소리도 모른 채
외면의 시간을 걸었다
툭 건들면 와르르 무너질까봐
발자국이 지워질까봐
죽어가는 시간을 걸었다
나를 따라오는
그 발자국마저 떠날까봐
꾹 참고 갔다
앞서간 발자국을 만나기 위해

낙엽

저기 나무
붙잡으려 몸부림치지만
떼어냄을 받아들이는 나무가
기도의 자세로 서 있다
흔들림 많은 날
계절이 할퀴고 간 잎마다
그마다의 상처가 얽혀 있다
고맙다는 말조차 미안할까
떼어냄을 위해
바람을 흔들어대는
누가 뭐래도
삶은 하나를 떼어냄으로 완성되는 것
바람과 노을을 담고
흔들림이 만든 빛깔을 태우고
떼어냄의 시간을 당겨와
저기 나무
잎을 붙잡으려 몸부림쳐도
떼어져야 함을 아는 듯
나무를 보며 슬퍼 말라고
낙엽이 바스락바스락 운다

첫눈

겨울나무와 첫 만남
찬바람 부는 날
조용히 내려앉아 감싸주던
너
모질게 떠나보낸 흔적을 감싸 안으며
아무것도 묻지 않는
너
묵묵히 덮어주는 가려주는
너
긴 겨울 틈틈이
옛 생각 날 때마다
소리 없이 다가와 다독이며
포근히 감싸주는
너

가지마다 꽃이었다고

꽃 피어주는

너

슬픔도 이별도 하얗게 닦아주는

치유의 옷을 선물하는

너

그렇게 첫 사랑이 되어주는

너

그렇게 첫 마음이 되어주는

너

멈춘 걸음

슬픈가
두려운가
이대로 주저앉고 싶은가
그럴 때면
한 번쯤 걸어온 길을 뒤돌아보아라
끄는지 미는지
그대 뒤에 발자국이
기다리고 있지 않던가
그대만 믿고
따르지 않던가
그대여
멈추지 말아라

낙엽의 기억

책장 속 낙엽이 쓰고 있는 기억은
어떤 모습일까
부서지는 외로움일까
반쯤은 남아 있는 그리움일까
낯선 사람의 손에 들리어
우연찮게 책장에 끼워지는
행운, 그것만은 아닐 것이다
가지를 떠났다 놓친 향기를
책에서 안은
그 기억때문인지도 모를 일이다

지나간다

머문 날의 발자취도
바람이 지워가듯
그대 머문 날의 시간들
안개에 지워졌다
한동안 머문 흔적이
일생의 기억 같아도
죽음이 한 줌의 시간도
생에 남기지 않듯
살아서 머문 것들
다 지나간다

울음이 남기고
웃음이 지우고
생과 사가 다
선을 넘어 뒤집히는 날이
있듯
다 그렇게
지나간다
처음부터
마지막 후의 날로
아무도 머문 적 없이
다 지나가는 일
빈 날처럼
빈 시간되어

별 가족

겨울밤
저 하늘의 별들
어느 누가 어느 사람이 이름 붙여도
오늘만은
저 별들 다 끌어 모아
어둠으로 말갛게 씻어
선희, 정원, 정민 머리 위에
띄워놓고
밤새도록 둘러앉아
꿈 얘기 하고 싶다

겨울나무에 앉은 새를 보다

날아가다
새 한 마리 겨울나무에 앉았다
멀리서 보니
흡사 나뭇잎 같다
그 순간 나뭇가지가 흔들린다
가을을 지우며
두르고 있던 잎 다 떼어내고
수행자의 모습으로 서 있던 겨울나무가
새 한 마리로 흔들린다
잎의 그림자만 남은 겨울나무에
우연히 날아든 새 한 마리를
겨울 속에 미쳐서 돋은 잎으로 착각이라도 한 듯
겨울나무가 흔들린다
새 한 마리가 나뭇가지를 옮길 때마다
겨울나무는 몇 번을 더 흔들리더니
이내 새를 알아차린 듯
나뭇가지로 뚝 쳐서 떠나보내고
다시 잠잠하다
기다림으로 누군가를 그리워하다
기억에 없는 온기에도
한 번쯤은 흔들리고 싶은 게 아닐까?

나 혼자였다면

나 혼자였다면
거실의 불빛도 쓸쓸히 밝거나
방안의 불빛도 외로이 지겠지

나 혼자였다면
고장 난 시계에 갇혀 살거나
뜯겨진 달력을 찾아 헤맸겠지

나 혼자였다면
웃음 떠난 얼굴로 삶을 살거나
빛을 잃은 낮으로 밤도 맞겠지

나 혼자였다면
그녀의 시간 밖 테두리에 있거나
두 딸의 아빠로 불릴 수도 없겠지

빚

태어난 순간부터
빚진 세상
그 빚 갚으며 사는
삶일지라도
너와 나
등 맞대고
한 세월 산다는 게
큰 빚이라 해도
일생을 그 일생을
빚 갚으며
홍겹게 사세

은행나무 사랑

은행나무를 본 적이 있는가?

노란 가을이 지고
바람에게 길을 터주느라
싸리비 같은 가지로 허공을 쓰는
눈이라도 내리면
노란 상처가 덧날까봐
하얀 붕대를 제 스스로 두르는
겨울이면
누군가에게 쉽게 잊혀지는 은행나무
그 은행나무를 유심히 본 적이 있는가?
노란 열매가 익어 고약한 냄새로 덮일 때
외면했던 사람
어느 누가
그 열매의 속을 들여다보았는가?

쉽게 떨어지지 않은
푸르게 아름다운 시간도 있었다
바람은 가지마다 풍성하고
햇살은 가지마다 즐비했다
겨울의 과녁을 벗어날 때까지
지켜봐주지 않아도
제 스스로 상처를 감싸 안으며
봄을 기다리는
그렇게 겨울을 견뎌내는
은행나무를 본 적이 있는가?
또한
그런 사람을 본 적이 있는가?

하늘의 구름

사는 게
푸른 날 뿐이겠는가
하늘도
떼구름이 몰려와
비를 내리고
눈을 날리고
천둥도 번개도 치고
그 어찌 짱짱한 햇살만 있겠는가?
아파서 붉은 이마를 드러낸 적도 있고
차가운 몸을 달빛에 녹여가며 끙끙대는 날도 있고
시린 손을 구름 속에 폭 찔러 넣는 날도 있지 않던가?

사는 게
하늘의 구름 같지 않겠는가?
계절 따라 비도, 눈도, 천둥, 번개도 되는
푸른 날이 아니라 한들
하늘은
푸른빛을 잃어본 적 없고
구름이 낀들
하늘은
두려워한 적 없는
하늘에 가까워지는 날이 멀수록
꿈은 하늘 닿을 높이로 꾸는 것이라고 말하지 않던가?

산길을 걷다

눈 덮인 산에도
길이 있다
길 없는 산
누군가의 외로운 발자국 위로
더해진 외로움이 많을수록
길을 여는
길이 되는
사람들이 밟고 간
발자국에 발자국을 포개어 놓는
누구누구의 발자국이 더해져
길을 만드는
산길을 걷다

나 사랑하게 하소서

잊지 않게
살아가는 내내
삶을 이어주는 시간으로
나 사랑하게 하소서

한걸음도 헛되지 않는
이어 닿는 내내
지워지지 않는 가족으로
나 사랑하게 하소서

부러지고
그림자 길어지는 날까지
뜨겁게 포옹하는 사람으로
나 사랑하게 하소서

깊은 밤
아내와 딸이 잠들면
꿈이 드는 길가에 켜둔 별빛으로
나 사랑하게 하소서

비빔밥 한 그릇

〈어머니께 전해 들은 삼촌 이야기〉

산소마스크 너머 전하고 싶은 말
다 하지 못한 말이 절절이 피는 시간
가족들이 찾은 병실의 시간동안
기다렸던 사람
이제야 찾은 누님
해주고 싶던 말
간직했던 말
조카가 하늘에 닿던 그날, 그때부터
오랜 시간 누님의 마음도 괴로웠을 시간
끝내 누님과 못 풀어낸 시간
죽음 앞에 다 풀어 놓고
비빔밥 한 그릇
타는 목구멍까지 다 넘기고 나니
그제야 닫히는 시간

더 할 말이 묻히고
더 사랑할 시간을 열어주고
편안한 모습으로 누워있는 당신
긴 여행의 단잠을 자는 당신이
하늘의 별로 깨어나 빛나는 밤
당신과의 만남이 기약 없이 길어져도
비빔밥 한 그릇 비우듯이
가족의 시간을 맛있게 채우고 가는
이승에서 있었던 일
쓱쓱 비비고 한 입마다
삼키고 눌려야 했던 시간
아내와 세 딸을 두고 가는 마음
비빔밥으로 누르고 닫아버린 말문
남편 떠나보낸 슬픔의 눈물도
아빠 떠나보낸 아픔의 마음도
비빔밥 한 그릇 쓱쓱 비벼
배불리 먹고 갔던 당신
비빔밥처럼 살겠습니다

눈꽃

울음을 머금고 오는 눈
사랑하고 이별했던
그 시간으로 쌓이는 눈
밟고 가는 길이
뽀드득 뽀드득
울음이 샌다
나무에 눈꽃 피듯이
꽃피는 시절에 잠길수록
자꾸만 질척거리는 마음
꽃잎처럼 날린 사람이기에
다시 꽃피는 나무

바람이 불지 않는 날은 없다

보이지 않아도
분명 누가 흔드는데
혼자서는 흔들릴 수 없는데
꿋꿋한 나무가
흔들리다 꺾이고 이내 부러지고
상처를 안은 채
죽음에 닿는 날까지
피어내며 살아가는
그 꿋꿋함의 힘이
혼자서는 흔들리지 않는
보이지 않는
바람은 아닐까

술 술 술

마음은 술이다
한 잔에 한 잔 더
마시다 보면
타는 듯한 얘기도
꿈틀대다 멈칫거렸던 얘기도
꽉 막혀 샐 틈 없던 얘기도
술 술 술
술병이 늘어가고
시간이 술잔에 지쳐갈수록
늘어가는 취기를 틈타 세상 속으로
하나씩 걸어 나와
다시 걷게 하는
술에 술

아직은 중심을 버릴 수 없어서
붙든 날들
왜 이렇게 흔들리는지
술 술 술
마음을 몇 겹씩 덮고 사는 세상에서
나를 찾아 꺼내 놓는
내 앞의 얘기들
한 잔의 술이 쏟아내는 진실로
나를 찾아가는
술 술 술
한 잔 마신다

정원이 아픈 날(2014.12.21)

밤새
열이 나고
갈증이 나고
제대로 자지도 먹지도 못하는
딸
밤을 지워가며 밝아진 아침
옷가지 챙겨 입고
온 가족이 병원에 왔다
탈수라고
링거를 맞아야 한다고
주사바늘 손목 혈관에 꽂고
침대에 누워 수액을 받는
딸

그 모습에 엄마도
마음에 주사바늘 꽂고
딸 옆에 앉았다
눈동자에 비친 딸의 모습을
연신 다독이며
천금 같이 무거운 사랑을
햇살처럼 날려 보내는 마음
그 마음 아는 듯
딸의 입가에 물결치는 미소
그렇게 사랑과 사랑이 만나
엄마와 딸이 있다

길 아닌 길은 없다

새 한 무리
빛 잃어가는 길을 날다
새가 나는 하늘
잘 닦여진 길도 없는
보이지 않는 길을
단지 길인 듯 나는
새 한 무리
날갯짓 하는 곳마다
길이었듯
정작 길은 보이지 않는다
길 잃었다 하여 발 묶인 내게
새가 나는 한
길 아닌 길은 없다

바람을 먹다

고당 한옥 카페 별관 온돌방에서
두 딸은 코코아 한 잔씩
엄마는 케냐산 원두커피 한 잔
아빠는 시루떡 한 접시 시켜 먹고
두 딸은 엄마표 간식을 먹었다
그래도 배가 고팠을까
큰 딸이 미닫이 문을 열어
작은 마루로 나가 서서
하는 말
"바람을 먹고 있어"
입을 한껏 벌리고 바람을 먹는 딸
사는 게 먹고 사는 일이라지만
배불리 먹어본 적 있던가
허기질 때
맘 놓고 먹어본 적 있던가
저 바람을
딸은 알고 있었을까
내 안을 채울 바람
허공에 가득하다고
배불리 먹으면 된다고
아빠도 바람을 먹으라 한다

들꽃

길을 가다가
보게 되는 보여지는 꽃
바람을 온통 뒤집어쓰고
흔들어대는 몸짓
누구 한 사람의 오랜 시선이기보다
지나는 사람의 잠깐 시선이기에
더 사랑스러운 꽃
특별하지 않은 곳에서
제멋대로 피었다 지는 순간까지
그 빛깔, 그 향기
놓치며 사는 시간들
가까이 다가와
가만히 내려다보지 않는 이상 스쳐가는
지독하게 강한 척 뿌리내린 꽃
특별하지 않아도
낮은 사랑을 노래하며
이름으로 불리어지지 않아도
더 아름다운 꽃

그대 없는 사랑

물이 있는
어디라도
물결은 있다

시계가 도는
어디라도
기억은 있다

바람이 부는
어디라도
떨림은 있다

그대가 사는
어디라도
사랑은 있다

다만

그대 없는 사랑
어디라도
내가 없다

목련나무

꽃부터 핀다
겨우내 숨겨둔 시간이 하얗다
할퀴고 간 시간도
매섭게 휜 바람도
어쩜 꽃이 되는 시간이었듯
처음을 잇는 연초록 잎 대신
하얗게 꽃봉오리 깜짝 열어 보이는
꽃이 있다 꽃이다 보여주는
목련나무
네 안에 푸른 잎 돋기 전에
이미 꽃이 있다고
꽃이라고
3월의 바람이 지나는 길목에 서 있는
간질간질 움트는 새순보다
앞서 보여주고 싶은
네가 꽃이다

거친 시간이 닥쳐도
힘센 바람이 불어도
더해가는 걸음이 끊기지 않는 길에
있는 순간이라면
꽃은 이미 네 안에 있다고
목련나무는 꽃부터 핀다

노을

서녘하늘
날은 저무는데
번지는 저 색을 무엇이라 말할까
불덩이 하나 내려놓은 뒤
더 타는 가슴이 있다
저 색을
그대 가슴에 찍어내던
슬픔의 색이라 말할까
아니면
나에 가슴에 남겨놓은
그대의 색이라 말할까
어디에 둘지 몰라
흩뿌려 놓은
별로도 띄워 놓지 못하는
곧 사라지는 색을 몇 날 며칠을 더
불살라 놓아야
저 하늘에 별이 될 수 있을까

별

별이

서로가 서로에게 수혈하고 있다

그러므로

별이

서로가 서로에게 생명의 빛을 이어주고 있다

물결과 바람

다리 위에 서서
흘러가는 물 속 깊이
가만히 그림자를 띄웠다
수천의 물결이 밀려가는데
나는
흔들림 없이 서 있는 줄 알았다
굳건히 흔들리지 않을 줄 알았다
오래지 않아
물결 속 그림자도 흔들리고 있음을
하나의 물결이 되어 있음을
그때서야 알았다

왜

내가

바람이 불면

마른 갈대처럼 흔들리는지

너를 담은 세상 속에 서 있는 한

흔들리며 서 있어야 하는지

보이지 않는 바람이 분다

내게 와 부딪침으로

알게 한 바람이

너처럼 분다

나 또한 하나의 바람이 되어 있음을

그때서야 알았다

반딧불이

어린 시절
마을회관 근처에 당산이 있었다
반딧불이 꽁지가 타는 밤이면
몇 마리씩 잡아서
이불 푹 뒤집어쓰고
반딧불이를 본 적이 있다
지금은 간혹 운 좋을 때만
볼 수 있는
반딧불이 꽁지 대신 가로등이
밝히는 밤
그 흔한 것이
어디로 떠나버렸다
왜 떠나야 했을까
가끔 그 많던 시절의 불빛이
하나, 둘 꺼져가는 걸 지켜봤다

어린 시절을 품은
마을회관의 정자나무도
높아진 다리 밑으로
흘러가는 냇가에 몸을 씻는 물고기도
낯선 곳을 찾아 떠나고 없다
설이라고 고향을 찾은 동네 친구의
꽁지에 빛 잃은 흔적의
시멘트 가루가 뿌옇다
오래전의 일이 되어버린
반딧불이의 불빛은
유년의 기억으로 빛나는
밤하늘 별빛이 무리지어 있다
금방이라도 반딧불이 되어
날아들 것 같은
두서너 마리 잡아
이불 푹 뒤집어쓰고 보고 싶다

밤비

밤새워
얼마나 흘리셨나요

우는 소리 감추느라
어둠 속에 그리도 숨어 드셨나요

잊으려 한 흔적이
땅바닥에 상처로 짓물러졌어요

그토록 참아냈는데
펑펑 울지도 못하셨네요

그래서 나무마다
눈물이 그렁그렁 맺혔네요

아빠

너 없이
불릴 수 없는 말

수천 번을 들어도
듣고 싶은 말

안고
뽀뽀해주는 내게

가끔은 다가와 안아주고
뽀뽀해주고 가는 너를

사랑이 아니면 안 되는
내게

너는
나를 부른다

아빠

눈이

눈이
저 눈이
가볍게 내리는 저 눈이
송이송이 쌓여
무게를 늘린다
그 무게로 삶을 떠받치는 지붕이
와르르 무너졌다
삶이
가볍게 쌓인 시간을 쉽사리 날리지 못해
천근만근의 무게로 짓눌려 오는
아픔이 될 줄이야

길

틈 없이
이어져 가는 발걸음은 없다
다만
한 걸음이 또 한 걸음과 간격을 만드는
그 순간이 멈추지 않는 한
길은 이어져 간다

새봄

봄이 피어납니다
시들었던 잎들이
그렇게 죽은 줄 알았던 잎들이
봄이라고
다시 핍니다
아무것도 없을 것 같던 땅에서
씨앗의 흔적도 찾을 수 없을 것 같던 땅에서
보란 듯이 싹을 피웁니다
희망을 품어야 할 이유가 여기에 있습니다
보이지 않을 뿐
볼 수 없을 뿐
때를 기다리는 많은 씨앗들이 있습니다
싹이 나고
잎이 돋고
꽃이 피고
다시 기다림으로
길가에 이름조차 낯선 풀들이
희망의 봄을 피웁니다
개나리가 목련꽃이 진달래가 봄은 아닙니다
어느 하나 놓지 않은 희망이 있는 한
봄은 또다시 피어납니다

딸에게

걸으면서 만나는
모든 것들을
스쳐 지나치는
모든 것들을
사랑하라

불어오는 바람 끝으로
산 능선을 긋는
하늘도
파도쳐 오는 바다 끝으로
수평선을 긋는
바다도
사랑하라

사랑 없이 걷는 길 위로
뱉어내는 사막함보다
길마다 피어내는 들꽃같이
사랑을 질기게 피우며
가라

딸아

세월호, 끝나지 않을 아픔

바다가 삼킨 꿈은
돌아오지 못한 이름으로만 기억해야 합니까
갈매기 우는 바다는
피 맺힌 울음이 우는 곳
파도가 높은 들
어미가 끌어안은 아픔만 하겠습니까
수심이 깊은 들
아비가 품에 안은 자식만 하겠습니까
한시도 떠날 수 없어
망연히 바라보는 바다
하얗게 부서지는 바다는
수의만 늘 뿐입니다.

바다여

찢겨지는 심장의 아픔이 들립니까?

망망대해

그 끝도 없는 곳에

왜 아픔으로 기억되게 하는

잊을 수 없는 4월의 잔인함으로

16일을 가슴 깊이 묻어야 합니까

그 날은

망망대애哀

바다여

평생을 편치 않음으로 사무치게

파도치게 합니까

마음이 아파

상계사 가는 길
오르막 가파르다
쉬었다 걷고
또 쉬었다 걷는
4살 된 딸은 아빠가 안고
3살 된 딸은 엄마가 안고
3살 된 딸에게
“좀 걷자” 하니
“마음이 아파” 한다
마음이 아플 때까지
왜 몰랐을까
부모 품에서 먹고 자고
근심걱정 없이
아무 탈 없이
잘 지낸 줄로만 알았다

어리다고
아기라고
부모 뜻대로 있는 건 아닐까
살면서
힘들고 어려운 일 겪을 때마다
그때처럼 언제든지
"마음이 아파"라고
말해주렴

바람

끝내 끝나지 않을
바람
바람 앞에 서는 날
피하려
담벼락에 숨어도
어디서 날아왔을까
바람 든 담벼락 틈
바람이 피워내는
풀 한 포기
바람 한 줄
감고 피네

정민에게

가슴에 피는 꽃 한 송이
물음표를 닮았다
세상과 어우러져 사는
푸나무를 가슴에 옮겨두고
하나, 둘 알아가는 너를
사랑이 아니면
어찌 말할 수 있을까
고집스레 고집하는
시간도
25개월의 사랑이 아니면
어찌 말할 수 있을까
보는 것마다
듣는 것마다
물음표투성이
사는 시간은
어쩌면 수수께끼 푸는 날들
가슴에 물음표마다
꽃내음 나는
꽃 한 송이 피우는
딸이 되어라

거제도 포로수용소에 가다

누구를 위한 포로였을까
민족의 아픔을 나누는
일이었을까
민족의 아픔을 더하는
일이었을까
겪어보지 못한 상황 앞에
처절히 그려내는 그림과 모형
영상은 무엇을 말하려는 걸까
나는 누구이며
무엇을 위해 싸우고 있을까
포로 아닌 포로가 되어 있는 현실 앞에
자유를 갈망하고 있을까

어차피 삶은 싸움의 연속
승자도 패자도 없는 삶일지라도
죽음만을 기다리는 일일지라도
자유를 찾는 터널 속 세상에서
두 눈 부릅뜨고 전진하는
무모함뿐이라 해도
포로수용소에 갇힌 포로가 아니라
탈출을 감행하는
무모한 자가 되고 싶다는
거제도 포로수용소에 가다
그 안에
나는 없을까

마흔

낯설다
어떻게 살아왔는지 뚜렷하지도 않다
집 한 칸 마련하지도 못했다
나를 채우지도
나를 버리지도
어중간한 시간을 왔던 날들이었다
위안이란 가족이 있다는 것
아내와 두 딸이 있다는 것
같은 바람이 불어도
새 꽃은 피고 새잎은 돋았다
나무처럼
새 옷을 덧입지도 못했다
돌아보면 까맣게 그림자만 누워있다

그렇다고
행복하지 않은 건 아니었다
낮과 밤이 흘러들 때마다
나또한 흘러들 시간을 누렸다
해와 달을 보았고
힘겨울 때면 별을 켜두기도 하였다
무엇보다 가야 할 길을 알 수 있었다
두려움은 커졌지만
희망이 줄어들지는 않았다
다져진 시간이 쉽사리 휩쓸려 가지는 않았다

할머니 리어카

화장실 창문 밖
할머니 한 분 도로에서 리어카를 끈다
청춘의 시간을 죄다 실어놓고
느린 속도로 끄는
저 걸음을 뭐라 말해야 할까
할머니의 리어카가 힘겹다
노년이 끄는 청춘은 힘겹기만 하다
지나는 차는 리어카를 비켜가고
빠른 속도로 갔던
그의 청춘처럼
이내 사라져 가는 차
청춘은 가고
노년의 도로를 힘겹게 끄는
할머니